Ein Handlungsreisender der Ideen fährt kreuz und quer durch Brasilien und berichtet von den Erlebnissen, die ihm auf seinen Reisen widerfahren. Unterwegs begegnet ihm die Fremde, die er aus verschiedenen Perspektiven betrachtet: so, wie die Brasilianer ihre multikulturelle Gesellschaft sehen, so, wie der Fremde sie erlebt, sowie schließlich auch so, wie sich selbst das Fremdsein in unserer globalisierten Welt verändert. Der Leser bekommt so anhand kurzer, unterhaltsamer Geschichten eine Ahnung von dem, was Brasilien und die Brasilianer, ihre Art zu leben ausmacht.


Constantin Rauer ist Philosoph, Wissenschaftler und Autor zahlreicher Schriften, darunter *Wahn und Wahrheit,* wofür er diverse Preise erhielt, u.a. von Geisteswissenschaften International. Er ist im französischen Sprachraum aufgewachsen, lebt überwiegend in Berlin und hat in den letzten Jahren Gastprofessuren in Brasilien wahrgenommen.

Constantin Rauer

Brasilianische Geschichten

PoD

1. Auflage 2013

Verlag PoD
© Constantin Rauer, 2013

Bibliografische Information der Deutschen Nationalbibliothek:

Die Deutsche Nationalbibliothek verzeichnet diese Publikation in der Deutschen Nationalbibliografie; detaillierte bibliografische Daten sind im Internet über www.dnb.de abrufbar.

Alle Rechte vorbehalten. Kein Teil des Werkes darf in irgendeiner Form
(durch Fotografie, Mikrofilm oder ein anderes Verfahren)
ohne schriftliche Genehmigung des Autors reproduziert
oder unter Verwendung elektronischer Systeme verarbeitet, vervielfältigt,
verbreitet oder in andere Sprachen übersetzt werden.

Originalausgabe
ISBN: 978-3-73228-183-1

Herstellung und Verlag: BoD – Books on Demand, Norderstedt
Umschlaggestaltung und Fotografie von Constantin Rauer
Lektorat: Andrea Hemminger

# Inhaltsverzeichnis

| | |
|---|---|
| Brasil de nova? – Wieder Brasilien? | 7 |
| Boa viagem – Gute Reise | 9 |
| O modelo de sucesso brasileiro – Das brasilianische Erfolgsmodell | 10 |
| Helicóptero – Hubschrauber | 13 |
| Desde 2003 – Seit 2003 | 16 |
| Pixadores – Graffitisprayer | 17 |
| Entre Rios – Brasilianische Donauschwaben | 19 |
| Quatro Opiniões – Vier Meinungen | 22 |
| Gringos – Ausländer | 23 |
| Engraxates – Schuhputzer | 25 |
| Jeitinho brasileiro – Der Brasilianische Sonderweg | 27 |
| Um anjo – Der Flughafenengel | 29 |
| Comunicações – Umgang | 31 |
| Calouros – Erstsemester | 33 |
| Brindes – Tischgespräche | 35 |
| Rodovia do amor – Liebesautobahn | 37 |
| Taxista – Der Taxifahrer | 38 |
| Caixa automático – Geldautomat | 39 |
| Respeito ou morte – Respekt oder Tod | 41 |
| Flanelinhas – Parkwächter | 43 |
| Peões – Fußgänger | 45 |
| Deus é amor – Gott ist Liebe | 47 |
| Flexibilidade forçada – Zwangsflexibilisierung | 49 |
| Prawda – Ein Club namens Wahrheit | 51 |
| Mal-entendidos – Mißverständnisse | 53 |
| Mão única – Einbahnstraße | 25 |
| Aves do Paradíso – Paradiesvögel | 56 |
| Yemanjá – Meeresgöttin | 58 |
| Glossar | 61 |

BRASIL DE NOVA?
WIEDER BRASILIEN?

Eines Tages erhielt ich eine E-Mail mit dem in deutscher Sprache geschriebenen Betreff: "Wieder Brasilien?". Ich wollte die E-Mail zunächst gar nicht öffnen, da die Initialen des Absenders äußerst kryptisch waren, entschloss mich dann aber doch dazu, weil der Betreff "Wieder Brasilien?" eben doch etwas mit mir zu tun haben könnte. Zu meiner Überraschung stammte die Mail von Professor Valentin, einem berühmten brasilianischen Anthropologen, mit dem ich bei meinen früheren Brasilien-Aufenthalten hier und da zu tun hatte. Er fragte an, ob ich nicht Zeit und Lust hätte, nochmals ein Semester in Brasilien, dieses Mal in einer anderen Stadt an einer Privatuniversität, zu bestreiten. Es ginge um den handschriftlichen Nachlass des Kommunikationswissenschaftlers Vilém Flusser. Valentin benötigte Hilfe beim Verständnis von Flussers geheimer Abkürzungssprache, und da ich nun mal ein Flusser-Fachmann sei, wäre es schön, wenn wir zusammenarbeiten könnten. Die Bezahlung sei wesentlich besser als das letzte Mal, von der Lehre sei ich so gut wie freigestellt, und es würde mir auch genügend Zeit für meine eigene Forschung sowie für Vorträge verbleiben. Bei einem so verlockenden Angebot zögerte ich nicht lange, meinte allerdings, dass ich freilich nicht sofort aufbrechen könnte, aber zum nächsten Semester ließe sich das einrichten. Es folgte der übliche Papierkram, ein langes Hin und Her von E-Mails und Dokumenten, von denen die Gastuniversität heute dieses und morgen jenes noch benötigte.

Schließlich ergab sich ein Problem mit dem Visum. Professor Valentin meinte, die Universität benötige unbedingt ein Arbeitsvisum, bei der brasilianischen Botschaft in Berlin riet man mir hingegen dringend davon ab, überhaupt nur ein solches zu beantragen. Valentin wiederum erwiderte, im vergangenen Semester hätten sie so einen Fall gehabt, die Frau hätte letztlich kein Honorar bekommen können, und der Gastaufenthalt sei in einem Fiasko geendet – unbedingt solle ich mich um das Visum bemühen. Doch die Botschaft blieb bei ihrem Urteil: Die Bearbeitung eines Arbeitsvisums würde bei Weitem länger dauern als mein geplanter Aufenthalt, unbedingt solle ich mit einem Touristenvisum einreisen und dieses nach drei Monaten verlängern. Was tun? – Den brasilianischen Behörden folgen, die mich mehr oder weniger offen dazu aufforderten, illegitim in Brasilien zu arbeiten, oder der Universität folgen, die ihre Papiere in Ordnung haben wollte und mich darum zu einem Behördengang drängte, den die Behörden selbst für aussichtslos hielten? Da mir die Botschaft beim dritten Anruf quasi den Hörer auflegte, entschied ich mich schließlich gezwungenermaßen für die erste Option, also dafür, auf gut Glück in Brasilien einzureisen – irgendeine Lösung würde sich vor Ort schon finden. Diese fand sich dann auch tatsächlich, indem ich zwar eine Steuernummer und einen Arbeitsvertrag erhielt, mein Gehalt mir jedoch Monat für Monat in bar von der Bank ausbezahlt wurde. Mit dieser Lösung *schien* alles in Ordnung.

BOA VIAGEM
GUTE REISE

Beim Verlassen einer brasilianischen Großstadt sieht man über der Autobahn ein großes Schild, auf dem zu lesen ist: *Boa viagem* (Gute Reise). Solche Schilder findet man ebenfalls auf Flughäfen und Schiffshäfen, Busbahnhöfen und Zugbahnhöfen, mit einem Wort überall dort, wo sich Menschen auf Reisen befinden. Den Zuspruch kann man gebrauchen, denn das Reisen ist nicht ganz ungefährlich; nicht so sehr, weil die Autos und Busse gelegentlich auch ausgeraubt werden, als vielmehr wegen des Verkehrs. Begibt man sich auf Reisen, so werden einem alle Menschen, denen man begegnet, eine gute Reise wünschen; dermaßen, dass einem die Worte *Boa viagem* bis zu fünfzig Mal am Tag entgegenfliegen. Mit jedem *Boa viagem* aber hebt sich die Laune, und die Reise wird von Mal zu Mal angenehmer. Der Zuspruch wird schließlich zu einer Art Beschwörung, die man nur noch anzunehmen braucht; und tatsächlich hatte ich in Brasilien immer gute Reisen, und mir ist auch nie irgendetwas passiert – dem *Boa viagem* sei Dank.

O MODELO DE SUCESSO BRASILEIRO
DAS BRASILIANISCHE ERFOLGSMODELL

In einer globalisierten Welt wie jener, in der wir heute leben, gibt es verschiedene Modelle, mit dem Eigenen und dem Fremden umzugehen, und zwar auf beiden Seiten: sowohl für die Fremden, die kommen, als auch für das Eigene, welches sich vom Fremden bedroht fühlt. Was die Zuwanderer anbelangt, so gibt es eigentlich nur zwei Modelle: das der Nicht-Integration und das der Assimilation. Chinesen beispielsweise werden immer Chinesen bleiben, einerlei ob sie nun in der Chinatown von New York, in der Chinatown von Paris oder in der Chinatown von Luanda leben, und ähnlich werden sich auch Italiener in anderen Kulturen verhalten. Anders beispielsweise die Ukrainer oder Polen, von denen man in der Welt wenig weiß, weil sie sich allerorts fast restlos angepasst haben. Bei Weitem interessanter ist jedoch die andere Seite, die sich mit dem Fremden konfrontiert sieht. Hier gibt es mehrere Modelle: das asiatische Modell, welches alles Fremde zum Eigenen macht, das nordamerikanische Modell, welches das Fremde zulässt, aber nicht integriert, sondern in Gettos sperrt, oder das europäische Modell, welches zwar aus verschiedenen Kulturen besteht, deren einzige Gemeinsamkeit jedoch darin beruht, sich unentwegt voneinander abzugrenzen. Ein weiteres Modell ist das hispanische. Zwar gibt es Farbige in Venezuela, Indios in Bolivien und Juden in Argentinien; es lässt sich jedoch nicht erkennen, dass die afrikanische, indianische oder jüdische Kultur einen nennenswerten Einfluss auf diese Kultur ausgeübt hätte. Die hispanische Kultur bleibt exklusiv spanisch geprägt und hat damit das gleiche Problem wie jenes

Land, in dem dieses Modell mit Isabella I. 1492 entwickelt wurde: nämlich das einer seit Jahrhunderten kontinuierlich fortschreitenden kulturellen Verarmung.

In Brasilien ist dies grundlegend anders, und abgesehen vom brasilianischen Wirtschaftswunder ist dies auch der Grund, weshalb man einräumen muss, dass Brasilien nicht zu Lateinamerika gehört. Tatsächlich unterscheidet sich Brasilien von allen anderen Kulturen weltweit. So kann man nicht sagen, Brasilien sei portugiesisch; so etwa wie die Länder rundum spanisch geprägt sind. Obgleich der nordamerikanische Einfluss – anders als im spanischen Lateinamerika – immens ist, lässt sich auch nicht behaupten, Brasilien sei nordamerikanisch. Gerade in der Modellhaftigkeit unterscheiden sich beide Länder deutlich, denn anders als in Nordamerika teilt sich die brasilianische Urbanität nicht nach Ethnien, Hautfarben, Herkunftsländern oder Religionen – sehr wohl jedoch nach Arm und Reich. Darüber hinaus gibt es in Brasilien einen starken afrikanischen, einen starken asiatischen und – was Südbrasilien anbelangt – auch einen sehr starken deutschen Einfluss. Bemerkenswert ist nun, in welchem Verhältnis all diese Kulturen zueinander stehen und welche Modellhaftigkeit sich hieraus ergibt.

Denn das Erfolgsrezept des brasilianischen Modells besteht darin, dass die Modellhaftigkeit selbst neu modelliert wird, und zwar mit einem weltweit einzigartigen System. Das Modell beruht darin, alles Fremde zu integrieren und aufeinander abzustimmen, um dadurch das Eigene zu verändern und zu verbessern. Anders als in Europa geschieht dies ohne Ab- und Ausgrenzung – es wird auch niemand gezwungen, Buddhist, Taoist oder Christ zu werden. Was ein Integrationsproblem sein soll, wird sich beim besten Willen kein Brasilianer vorstellen können. Anders als in Nordamerika leben die verschiedenen Kulturen, Ethnien und Religionen auch nicht nebeneinanderher, sondern kommunizieren dergestalt, dass sich alle verändern, und anders als in Asien führt diese Kommunikation nicht zu einer allgemeinen Nivellierung.

Während Nordamerikaner, Europäer und Asiaten mit ihren Modellen auf den Weltmarkt gehen und aggressiv – auch mit Gewalt – ihre Modelle durchzusetzen versuchen, entwickeln sich die Brasilianer weiter. Eines Tages werden die Anderen schon kommen und fragen: wie man das macht.

HELICÓPTERO
HUBSCHRAUBER

São Paulo ist die bedeutendste Industrie-, Handels- und Finanzmetropole Südamerikas; eine Mega-City mit 11 Mio. Einwohnern im Kern und 20 Mio. im Großraum, auf Platz 13 im Ranking der teuersten Städte der Welt. (Berlin, zum Vergleich, belegt Platz 33). Die *Paulistanos*, die Einwohner von São Paulo, setzen sich vorwiegend aus folgenden Volksgruppen zusammen: Italienern, Portugiesen, Deutschen, Libanesen, Japanern, Chinesen, Juden, Koreanern, Armeniern, Bolivianern, Litauern, Spaniern und Syrern; 70 % von ihnen sind Europide/Kaukasier, 24,0 % Mischlinge, 4,0 % Afrobrasilianer, 2,0 % Asiaten und 0,1 % Angehörige der indigenen Bevölkerung; davon sind 70 % römisch-katholischen, 16 % protestantischen, 9 % atheistischen, 2,75 % spiritistischen, 0,65 % buddhistischen und 0,36 % jüdischen Glaubens.

Somit ist São Paulo ein Ballungsraum der verschiedensten Kulturen; eine Stadt mit einer unbeschreiblich modernen Architektur, die auf einem Gebiet von insgesamt 8.000 km$^2$ von mehreren Zentren und einer unendlichen Zahl von sich aneinanderreihenden Manhattans durchzogen ist. Insofern sich die vertikalen Hochhausgebiete immer wieder mit den horizontalen *residential areas* abwechseln und derart die Wolkenkratzergebiete sich wie Schlangen durch die Stadt ziehen, wird man bei einer Fahrt durch São Paulo immer wieder den typischen Anblick der endlosen Skylines vor sich haben, die sich an den Hügeln entlangschlängeln und wieder verschwinden.

Wer immer São Paulo zum erstem Mal zu Gesicht bekommt,

hat nur eine Assoziation: Fritz Langs *Metropolis*! 20-spurige Straßenschluchten durchziehen wie Flüsse die Stadt; hat man nachts freie Fahrt, so benötigt man Stunden, um die Mega-City zu durchqueren, tagsüber hat man keine Chance. Denn das eigentliche Problem der Stadt liegt in ihrem Verkehr und in ihrem Wachstum: Jedes Jahr kommen eine Million neue Autos sowie eine halbe Million Einwohner mit neuen Gebieten von Skylines dazu. Die Stadt boomt, platzt aus allen Nähten und scheint von ihrer eigenen Größe überwältigt zu sein. In einem Zeitungsinterview schilderte der Ethnologe Claude Lévi-Strauss, wie er knapp vierzig Jahre nach dem Erscheinen seiner *Traurigen Tropen* nochmals an seinen alten Wohnort in São Paulo zurückkehren wollte. Nach drei Stunden Autofahrt mussten sie die Fahrt abbrechen und umkehren; sie hatten keine Chance, durch den Verkehr zu gelangen.

Diejenigen, die genug Geld haben, kommen in Metropolis erst gar nicht mehr auf die Erde: Man fliegt gleich von Dach zu Dach, das geht schneller und ist bei Weitem nicht so gefährlich wie in den Niederungen. Nach New York ist São Paulo die Stadt mit den meisten Helikoptern der Welt; 450 Helitaxis und 300 *Helipontos* (Heli-Landeplätze) sind registriert, die Hubschrauber kreisen wie die Fliegen über der Stadt. Ein Helitaxiflug kostet übrigens zwischen 250,- und 3000,- Euro die Stunde.

Überhaupt lassen sich die Dimensionen des endlosen Meers von Wolkenkratzern nur aus der Vogelperspektive ermessen, wenn man etwa die entsprechenden Videos im Internet – z.B. *São Paulo Helicopter* oder, besser noch, *São Paulo Landing* – betrachtet: der Blick von oben oder der Überblick, den sich Reiche, Geschäftsleute und Touristen teilen.

Auch kann man sich im Internet bequem in einen Hubschrauber der *Polícia Militar* setzen und mitverfolgen, wie aus der Luft die so genannten *suspeitos* behandelt werden. Zirka 300 solcher *suspeitos* fallen in São Paulo alljährlich den Schüssen der Polizei zum Opfer, ein Vielfaches davon den Bandenkriegen. Es ist ein unerbittlicher Krieg der Vertikalen; ein Krieg zwischen Oben und Unten, der allerdings nicht nur in die eine Richtung verläuft:

Anfang des Jahres 2010 wurde in Rio de Janeiro bei einem Polizeieinsatz in einer Favela ein Polizeihubschrauber mit einer Boden-Luft-Rakete abgeschossen – auch dies gibt es im Internet zu sehen. Wäre das alles nur Kino und nicht so ungemein blutig, müsste man den Brasilianern einen gewissen Sinn für dramatische Inszenierungen zugestehen. Ihr Humor ist jedenfalls unbestritten. Auf die Frage, ob São Paulo eine gefährliche Stadt sei, antwortete der Hubschrauberpilot: "Ja, am Wochenende schon, wenn all die Sonntagsflieger unterwegs sind."

Nahezu 5.000 km entfernt von São Paulo, irgendwo im westlichen Amazonasgebiet, ereignete sich 2009 eine Luft-Boden-Konfrontation ganz anderer Art. Ein Helikopter der Polizei hatte ein Flugzeug von Wilderern verfolgt und war dabei auf einen bis dahin unbekannten Indianerstamm gestoßen. Die Indianer, die noch nie zuvor irgendeinen Kontakt mit der so genannten Zivilisation hatten, schossen mit Pfeil und Bogen nach dem Hubschrauber – von oben wurden nur Fotos geschossen; Bilder, die um die Welt gingen. Es bedarf viel Phantasie, um sich auszumalen, was die Indios sich wohl unter dieser lärmenden Riesenlibelle vorgestellt haben mögen; jedenfalls nichts Gutes, sonst hätten sie nicht danach geschossen. Etwa 50 solcher unentdeckten Indianerstämme soll es im Amazonasgebiet noch geben. Wir wissen, dass sie existieren, und sie wissen, von anderen Stämmen, dass wir existieren. Wegen der für sie so gefährlichen Viren wollen sie jedoch keinen Kontakt mit der Zivilisation, und dies wird von der brasilianischen Regierung auch respektiert. Geblieben von dieser Begegnung sind nur die Fotos aus der Luft.

DESDE 2003
SEIT 2003

Wir stehen auf einem Balkon im 23. Stock eines Wohnhochhauses in São Paulo; vor uns das endlose Hochhausmeer der 20-Millionen-Metropole. Vanessa fragt mich, ob ich dort drüben links das alte Haus sehe. Beim besten Willen, so weit ich blicke, ich kann kein altes Haus erkennen. Nach einigem Hin und Her stellt sich heraus, dass sie ein Hochhaus aus den 1990er Jahren meint: für südbrasilianische Verhältnisse ein geradezu antikes Bauwerk.

Es ist ein junges und zugleich rasant wachsendes Land: *Brasilien, das Land der Zukunft*, wie es Stefan Zweig 1941 in seiner gleichnamigen Erzählung nannte und wie es seither zum geflügelten Wort geworden ist. So wie man beispielsweise auf unseren Bierflaschen Etiketten wie *Seit 1879* findet, so steht über den Geschäften in Südbrasilien: *Desde 2008, Desde 2003* oder, wenn es sich um ein schon alteingesessenes Geschäft handelt: *Desde 1990*.

Mit der Zeit bekommt man ein anderes Gefühl für die Zeit: Sie ist nicht mehr, wie in Europa, dieses Erdrückende der Vergangenheit, das alle Gegenwart und alle Bemühungen für die Zukunft unter sich begräbt, sondern hat etwas Frisches und Leichtes, das einen nach vorne weht. "Don't live in the past – look in the future", steht in großen Lettern auf dem Boden eines Ganges des Flughafens von Curitiba; und wenn man aus dem melancholischen Buenos Aires zurückkommt und über diese Buchstaben läuft, bekommt man eine Idee davon, was damit gemeint sein könnte.

PIXADORES
GRAFFITISPRAYER

Ausgehend von New York verbreitete sich seit Anfang der 1970er Jahre das, was Jean Baudrillard im *Symbolischen Tausch und der Tod* bereits 1979 *Kool Killer, oder Der Aufstand der Zeichen* genannt hatte. Nach dem Ende der brasilianischen Diktatur 1985 hielten die Graffitis auch Einzug in São Paulo und wurden zum Symbol der Liberalisierung. Heute gibt es keine zweite Stadt der Welt, die so flächendeckend mit Graffitis voll gesprüht ist wie São Paulo; die Grapheme sind zum Zeichen für Urbanität geworden. Ganze Viertel wie Villa Magdalena im Herzen von São Paulo sind von Kopf bis Fuß mit Malereien besprüht; die meisten Graffitis befinden sich jedoch in den Außenbezirken, dort, wo kein Paulistano der Mittelklasse sich hin traut. Die Motive sind so vielfältig wie die Kulturen der Stadt und lassen Einflüsse aus dem New Yorker Comic, dem europäischen Hip-Hop bis hin zum japanischen Manga erkennen; wobei durch alle ein typisch brasilianischer Stil durchscheint. Während jedoch die Wandmalereien, die sich horizontal die Straßenzüge entlangziehen, in der Regel von einer erstaunlich hohen künstlerischen Qualität zeugen, sind die *Pixação, Takes* oder abstrakten Zeichen, die die Vertikale der Hochhäuser emporsteigen, nur Schmierereien: Sie markieren den eigentlichen Aufstand der Zeichen.

Die *Pixação* (die sich in etwa wie folgt gestalten: ⊢Σ ¬Ж⊤⊣ ⌐ Π ⌐) lassen den Betrachter unwillkürlich an Schrift denken; und tatsächlich handelt es sich hierbei um die Handschrift jener, die nicht lesen und schreiben können: die *Pixadores* der Vorstädte. Wenn es Nacht wird in São Paulo, klettern sie zu tausenden die

Außenwände der Hochhäuser hinauf und sprühen ihre Zeichen. Sie klettern in kleinen Gruppen und meist ohne jegliche Hilfsmittel – immer in der Gefahr, abzustürzen oder vom Wachschutz abgeschossen zu werden, das gibt ihnen den Kick. Nicht nur, dass ganze Hochhäuser, als wären es Papierseiten, von oben bis unten getaked sind; man findet in São Paulo ganze Regionen, die in einem Meer von Pixação versinken. Der Aufstand der Zeichen ist die Sprache jener, die nichts zu sagen haben. Sie sprechen mit Schriftzeichen, die anscheinend nichts bedeuten und die niemand versteht. Und doch behaupten die Pixadores, ihre Zeichen lesen zu können – die Geheimsprache der Pixação.

## ENTRE RIOS
### BRASILIANISCHE DONAUSCHWABEN

Man stelle sich vor, irgendwo im Allgäu hätten 350 arabische Familien fünf Dörfer mit insgesamt 12.000 ha Ackerland gekauft und das gesamte Gebiet in eine arabische Kolonie verwandelt. Es werden arabische Schulen, arabische Krankenhäuser und arabische Gemeindezentren ebenso wie freilich Moscheen gebaut; sämtliche Straßenschilder sind auf Deutsch und auf Arabisch, und Arabisch ist auch die allgemeine Umgangssprache. Wenn es der Kolonie wirtschaftlich mal schlecht geht, erhält sie großzügige Zuwendungen aus Saudi Arabien; dergestalt, dass die deutschen Konkurrenten der angrenzenden Dörfer keine Chance haben und die ganze Region letztendlich fest in den Händen der Araber liegt. In der angrenzenden Kreisstadt arbeitet jeder vierte für die Araber. – Eine solche Kolonie gibt es tatsächlich, nur dass sie sich nicht in Deutschland, sondern in Brasilien befindet und es sich bei den Kolonisten nicht um Araber, sondern um Deutsche handelt.

Die Rede ist von der *Cooperativa Agrária Mista Entre Rios Ltda.*, kurz auch *Agrária* genannt; die letzte Donauschwabensiedlung weltweit, die seit den 1950er Jahren zwischen den Flüssen Jordão und Pinhão (daher: *Entre Rios*, Zwischen den Flüssen) im zentralen Hochland des Bundesstaates Paraná, etwa 20 km südlich der Bezirkshauptstadt Guarapuava angesiedelt ist.

Die Geschichte der Donaudeutschen ist höchst merkwürdig. Sie fängt damit an, dass es sich bei den so genannten Donauschwaben gar nicht um Schwaben, sondern in erster Linie um Lothringer, Pfälzer und Elsässer, desweiteren um Badenser, Franken, Bayern, Hessen, Böhmen, Belgier und Österreicher sowie um kleinere Gruppen von Italienern und Franzosen handelte. Nur sechs Prozent der so genannten Donauschwaben stammten tatsächlich aus Schwaben. Da jedoch den oben genannten Volksgruppen, die sich seit dem 17. Jahrhundert in Ungarn ansiedelten, ein "schwäbisches Gemeinschaftsgefühl" nachgesagt wurde, mutierten sie allmählich zu "Schwaben" und wurden schließlich mit der Weimarer Verfassung 1930 rückwirkend zu Deutschstämmigen erklärt. Während der Zeit des Nationalsozialismus spielten sie eine zwiespältige Rolle und mussten nach dem Zweiten Weltkrieg Ungarn, Rumänien und Jugoslawien Hals über Kopf verlassen. Einige Tausend von ihnen flüchteten mit Unterstützung der *Schweizerhilfe* nach Brasilien und gründeten dort die Kolonie *Entre Rios*, die seither von der Bundesrepublik Deutschland logistisch wie finanziell unterstützt wird. Die brasilianische Regierung gestattet diesen Deutschen die Ausübung ihrer Sprache sowie die Wahrung ihrer Kultur und Gebräuche.

Wie seltsam ist nun aber diese Kolonie. Was hier als typisch deutsch gilt – typisch deutsche Straßen, typisch deutsche Häuser, typisch deutsche Kirchen usw. –, wird man in Deutschland vergeblich suchen; nicht, weil es ein solches Deutschland im heutigen Deutschland so nicht mehr gibt, sondern, weil es dieses Deutschland in Deutschland so nie gegeben hat! Denn das vermeintlich Deutsche in *Entre Rios* trägt eindeutig die kulturelle Handschrift des Balkans; es sind typisch rumänische, typisch serbische und typisch ungarische Dörfer, die nur deutsche Namen tragen. Noch eigentümlicher ist das brasilianische Donauschwäbisch, das kein Deutscher auf Anhieb verstehen wird. Nicht nur, dass dieses Deutsch keiner deutschen Mundart ähnelt, weil es auf dem Balkan vor 300 Jahren entstanden und seither stehengeblieben ist; das Donaudeutsch wurde zudem brasilianisch erweitert, indem alle Begriffe des modernen Lebens vom Brasilianischen ins

Donauschwäbische zurückübersetzt wurden. So handelt es sich zum Beispiel bei einem "Küchenhaus" um das brasilianische Gartenhaus, in das gewöhnlich die Gäste zur Churrasco-Party geladen werden.

Nun haben sich die Deutschen der *Cooperativa Agrária Mista* in keinster Weise in die brasilianische Gesellschaft integriert; im Gegenteil, sie haben die nahezu perfekte Parallelgesellschaft geschaffen: Zwischen den Flüssen ist alles deutsch. Das Problem ist nur, dass es dieses Deutschsein außerhalb von *Entre Rios* nirgends gibt und wie gesagt auch nie gegeben hat. Eine Art Disneyland des Deutschen, welches zwischen den Kulturen wie zwischen den Flüssen verläuft: auf der einen Seite der Fluss des Vergessens und auf der anderen Seite der Fluss der Erinnerung. Zwischen beiden weiß man nicht, was vorzuziehen ist: dieses konservative Festhalten an etwas, das es nicht gibt, oder die Assimilation jener anderen in Südbrasilien verstreuten Deutschstämmigen, die in zweiter Generation in der fremden Kultur ihre eigene Sprache bereits verloren haben. Im *Heimatmuseum* zwischen den Flüssen wird man nostalgisch ... und auch ein wenig traurig.

Die brasilianischen Donauschwaben sind übrigens äußerst nette Menschen. Einen ganzen Tag lang führte mich Professor Baltasar durch die Kolonie. Er war als kleiner Junge nach dem Krieg aus Ungarn geflüchtet, war dann in *Entre Rios* aufgewachsen, hatte sich später von der Kolonie distanziert und lebt seither in Guarapuava. Nun blieb aus seiner Geschichte eine Frage zurück, die er sich immer wieder stellte; die Frage nämlich, warum diese „Alemães de Entre Rios" eigentlich kein Ungarisch, Serbisch und Rumänisch mehr sprechen würden, obgleich die Immigranten, als sie hier ankamen, diese Sprachen alle noch einwandfrei beherrschten. "Das ist seltsam", meinte Baltasar, "warum haben sie alle nur das Deutsche behalten?"

## QUATRO OPINIÕES
## VIER MEINUNGEN

Ich traf die Familie eines Morgens auf der Frühstücksterrasse in Salvador de Bahia. Die Frau meinte, sie sei ursprünglich Brasilianerin, würde aber schon lange in Lyon in Frankreich leben und nun ihrer französischen Familie Brasilien zeigen. In Salvador war sie zuvor noch nie, schien jedoch bestürzt: Das sei ja hier gar nicht wie in Brasilien, sondern wie in Kuba! Offenbar stammte die Frau aus Südbrasilien und hatte das farbige Brasilien nie zuvor gesehen.

Professor Mercedes wiederum meinte: Sie habe zwar immer gehört, dass Buenos Aires eine europäische Stadt sei, hätte aber nie verstanden, was die Leute damit meinten. Erst als sie nach Südbrasilien gekommen sei, habe sie plötzlich begriffen, dass sie noch nie zuvor in Amerika gewesen sei – sie stammte aus Buenos Aires.

Professor Lutz Westfahl vertrat indes die Meinung, dass Brasilien überhaupt nicht zu Lateinamerika und Südbrasilien eben auch nicht zu Brasilien gehöre – er selbst zählte sich zu den Separatisten von Porto Alegre.

Die tatsächlich komplexe geopolitische Lagebestimmung Brasiliens brachte Zé do Rock wie folgt auf den Punkt: Also, wenn die Europäer in den Amazonas oder in den Nordosten von Brasilien in den Urlaub fahren und dann nach ihrer Rückkehr behaupten, Brasilien sei ein armes Land, dann sei das in etwa so, als würde ein Südbrasilianer nach Albanien fahren und nach seiner Rückkehr in São Paulo verkünden, Europa sei ein Entwicklungsland – Zé do Rock ist in Südbrasilien aufgewachsen.

## GRINGOS
## AUSLÄNDER

Auf dem Flughafen von Salvador de Bahia entdeckte ich zwei *Gringos*, wahrscheinlich Nordamerikaner. Mit Basecap, Sonnenbrille, T-Shirt, Shorts und Turnschuhen ausgestattet, meinten sie brasilianisch gekleidet zu sein; sie sahen jedoch aus wie Schotten, die versucht haben, sich als Engländer zu verkleiden – jedenfalls: völlig grotesk! Bei dieser Gelegenheit musste ich aufs Neue feststellen, dass die anscheinend so einfache brasilianische Kombination (Turnschuhe, Shorts, T-Shirt, Sonnenbrille und Käppi) eben alles andere als einfach ist. Vor allem anfangs hatte auch ich immer wieder die Erfahrung machen müssen, dass ich mich brasilianisch zu kleiden versuchte und dabei bestenfalls ein deutscher Kolonialist um 1900 herauskam. Es reicht ja bereits ein kleines Detail – das falsche T-Shirt zu den falschen Turnschuhen –, und schon liegt man völlig daneben und ist dann gerade Gringo.

Wer aber sind *Gringos*? Das Wort stammt offenbar von *griego* (Grieche) und bedeutet für die Brasilianer etwa soviel wie für uns "Das ist für mich Chinesisch". Die Bezeichnung bezieht sich somit auf die Ausländer; auf jene, die man nicht versteht, und vor allem auf jene, die von Brasilien nichts verstehen. "Chinesisch", also *Gringo*, sind für Brasilianer in erster Linie US-Amerikaner, Europäer und Argentinier – kurz gesagt Leute, die reich, arrogant, etwas blöde und auf jeden Fall leichte Beute sind. Wie sagte Anna, eine Italienerin, die seit einem halben Jahr in Bahia lebte: "Na ja, wenn man in Salvador mit dem Stadtplan im Park sitzt, dann braucht man sich ja auch nicht zu wundern, wenn plötzlich fünf Männer um einen herumstehen und angreifen." Ihr Mann habe sich mit einer kaputtgeschlagenen Flasche gewehrt.

Professor Valentin hatte immer Angst um mich, weil ich abends alleine nach Hause fuhr und doch offensichtlich war, dass ich ein Gringo bin – das Wort gebrauchte er im Übrigen nicht. Mein deutscher Freund, Professor Otto Müller, meinte hingegen: ihn würde man nicht für einen Gringo halten – wobei zu präzisieren ist, dass Otto sich gerade einmal eine Woche in Brasilien aufhielt. Auf die Frage der verdutzten Zuhörer, was ihn denn zu dieser Annahme veranlasse, meinte Otto: Nun, er werde doch auf der Straße auf Portugiesisch angesprochen und nicht auf Englisch, woraus ja doch hervorgehe, dass die Brasilianer ihn nicht für einen Ausländer halten. Daraufhin schauten die Zuhörer noch verdutzter, denn jeder weiß, dass die Brasilianer auf der Straße kein Englisch sprechen und dass jene, die Englisch sprechen, so tun, als könnten sie keins. Daraufhin meinte Otto: Dann sei das ja hier wie in China! Auch diese Bemerkung verwunderte, denn noch vor ein paar Tagen, auf der Insel, hatte er gemeint: Das sei ja hier wie in Thailand.

ENGRAXATES
SCHUHPUTZER

Bereits am frühen Morgen war ich von Rio de Janeiro nach Campinas im Staat São Paulo geflogen, war dann mit dem Bus weiter in die Metropole gefahren, hatte dort einige Stunden im *Shopping Center El Dorado* verbracht, von wo aus ich ein Taxi zum *Aeroporto de Congonhas* nahm, dem nationalen Flughafen von São Paulo, wo ich nun auf meinen Flug nach Porto Alegre, Rio Grande do Sul, wartete. Da ich in der vergangenen Nacht wenig geschlafen hatte, plagte mich eine unbeschreibliche Müdigkeit, die ich dadurch zu bekämpfen versuchte, dass ich auf dem kleinen Platz vor der Halle auf und ab lief. Es war ein wunderschöner Abend, die Sonne ging gerade hinter den Wolkenkratzern unter und warf auf den Platz ein schimmerndes Licht. Trotz meiner Furcht einzuschlafen, setzte ich mich auf eine Bank und beobachte einige *engraxates* (Schuhputzer); kleine Jungen, die wie üblich mit ihren Bürsten auf die Schuhputzkästen schlugen, um mit dem typischen Geräusch – tam, tam, tam ... tam, tam, tam – auf sich aufmerksam zu machen. Da ich in Porto Alegre noch wichtige, mir bislang unbekannte Persönlichkeiten zu sehen hatte und meine Schuhe von der Reise stark verschmutzt waren, winkte ich einen der Jungen herbei. Der Kleine, der vielleicht höchstens sechs Jahre alt war, setzte sich zu meinen Füßen, meinte, das kostet sechs Reais und schaute mich dabei von unten nach oben so an, als wolle er entschuldigend noch hinzufügen: "Das ist der Gringo-Preis!" Ich sagte, das sei o.k., und er begann mit seinem Handwerk. Derweil erzählte er von seinem Leben: Er sei nun schon seit zwölf Stunden, seit sechs Uhr in der Früh am Putzen und unbeschreiblich müde;

tatsächlich konnte sich der Kleine kaum noch auf den Beinen halten. Seine Klage zeigte Wirkung: Ich gab ihm – was kein Brasilianer machen würde – zehn Reais und wollte einen zurück. Später konnte ich beobachten, wie er sich in einer abgeschiedenen Ecke Geld von seiner Tasche in die Strümpfe steckte, denn freilich muss er alles Geld, auch das Trinkgeld, abgeben. Hiernach lief er nochmals an mir vorbei, um sich im Vorbeigehen noch einmal zu bedanken.

Zwischenzeitlich hatte sich ein offenbar sehr wohlhabender *Paulista* mit seinen beiden Kindern in Designerkleidern, einem Mädchen und einem Jungen, auf die Bank links von mir gesetzt, um sich ebenfalls die Schuhe putzen zu lassen. Während der Vater, Zigarre rauchend und in einem Blatt lesend, das Schuhe-Putzen-Lassen sichtlich genoss, war seinen links und rechts von ihm sitzenden Wohlstandskindern die gesamte Situation äußerst peinlich. Denn dieser zweite *engraxate* war älter als meiner und so ziemlich exakt ihres Alters (präpubertär), und im Unterschied zu ihrem Vater hatten sie nichts anderes zu tun, als dem Jungen gegenüberzusitzen und in die Luft zu starren. Offensichtlich schämten sie sich – für ihren coolen Vater, für ihren eigenen Wohlstand oder für die Welten, die sie von ihrem Altersgenossen trennten.

Na ja, sagte ich zu mir, wenn etwas wehtut in Brasilien, dann sind es die Straßenkinder: Im Winter bevölkern sie die Kreuzungen von São Paulo, und im Sommer fürchtet man sich vor ihnen in Rio de Janeiro; ein großer Teil dieser Kinder erreicht das Erwachsenenalter nie. Das erste Video zu Michael Jacksons *They Don't Care About Us* wurde bekanntlich in den Favelas von Salvador de Bahia und Rio de Janeiro gedreht; auf die ersten Listenplätze der Charts kam der Song in den Vereinigten Staaten, in Europa und Australien – in Brasilien nie.

## JEITINHO BRASILEIRO
## DER BRASILIANISCHE SONDERWEG

Unvermittelt meinte David eines Tages: "In Brasilien gibt es keine Probleme – es gibt nur Lösungen." Wozu ich: "In Deutschland ist es genau umgekehrt: Bei uns gibt es keine Lösungen, sondern nur Probleme." Darauf er: "In Argentinien ist das ganz genauso." – David war Argentinier.

Nun möchte man auf den ersten Blick meinen, es sei zynisch zu behaupten, es gäbe in Brasilien keine Probleme, denn wer auch immer das Land etwas kennt, weiß, es gibt überall nichts anderes als nur Probleme! Was indes an diesem Satz stimmt, ist, dass man aus diesen Problemen nicht auch noch ein Problem macht. In Deutschland ist das wiederum umgekehrt: Gerade weil es kaum Probleme gibt, wird aus allem ein Problem gemacht, und dann hat man am Ende tatsächlich: eine Menge Probleme.

Wann immer dahingegen in Südbrasilien ein Problem auftaucht, ist eine Lösung schon zur Hand ... und zwar ungemein schnell. Auf dem normalen, offiziellen – und insbesondere auf dem behördlichen – Wege geht freilich alles sehr langsam, oder aber es geht gar nichts! Aus diesem Grund gibt es den *Jeitinho brasileiro*, eine Art brasilianischen Sonderweg oder brasilianischen Kunstgriff. Der Jeitinho brasileiro besagt, dass dort, wo etwas auf dem offiziellen Weg nicht geht, sich ein Sonderweg finden lässt, damit die Sache eben doch geht. Für alles gibt es einen Jeitinho. Ein Deutscher wird sicherlich hierbei an Bestechung denken, doch bezieht sich der Jeitinho brasileiro auf jegliche Art von Regelumgehung, auch dann, wenn dies – wie in den meisten Fällen – nicht dem eigenen Vorteil dient.

Zum Beispiel: Ich sitze im Nachtbus von Florianópolis nach São Paulo. Wir fahren schon seit Stunden ohne Halt, soeben machten wir Rast, aber nur eine Minute, da sagt der Fahrer zu mir: also, wenn ich denn unbedingt rauchen müsste, es sei zwar verboten, im Bus zu rauchen, aber ich könnte auch bei ihm vorne im Fahrerhaus rauchen – ausnahmsweise! Ein typischer Fall von Jeitinho: Es geht, was nicht geht. Da aber in Brasilien so gut wie alles geht, was nicht geht – es soll, frei nach Gogols *Toten Seelen*, in unserer Stadt sogar verstorbene Politiker gegeben haben, die weiterhin ihre Pensionen bezogen, die sie ihren noch lebenden Kollegen großzügigerweise überwiesen –, so wird man sicherlich so manch krumme Dinger zu Gesicht bekommen, nur eines mit Sicherheit nicht: diese deutsche Vorahnung, dass dieses, jenes und sonstiges aus diesen, jenen und sonstigen Gründen NICHT GEHT!

## UM ANJO
## DER FLUGHAFENENGEL

Ich befinde mich auf dem Internationalen Flughafen von Rio de Janeiro, unmittelbar vor dem Boarding. Die Schlange hat sich schon gebildet, ist aber noch nicht in Bewegung. Der Flug geht nach Natal, Rio Grande do Norte, weshalb sich viele dunkelhäutige und arme Leute in der Schlange befinden. Rechts, etwas Abseits von der Schlange, steht eine Mutter mit ihrer Tochter. Beide sind sehr teuer und gut gekleidet und scheinen irgendwie nicht so richtig in das Gesamtbild zu passen. Die Tochter, etwa 18, ist von einer umwerfenden Schönheit: Sie ist groß und schlank, hat eine marmorweiße Haut, lange blonde Haare, die bis zu den Knien reichen, und dieses unbeschreibliche brasilianische Lächeln – fast möchte man meinen, sie sei ein Engel von einem anderen Stern, der eigens zum Zweck einer Verkündigung hierhin gestellt wurde. Plötzlich beginnt sie mit einer jungen Frau ein Gespräch über deren zuckersüßes Kleinkind. Die beiden sind sich offenbar schon zu einem früheren Zeitpunkt auf den Flughafen begegnet und nehmen nun ihre Unterhaltung wieder auf. Die Szenerie, die sich etwas abseits von der Schlange wie auf einer Bühne abspielt, fällt auf, denn abgesehen von der Tatsache, dass in Europa niemals zwei Fremde von so unterschiedlicher sozialer Herkunft miteinander ins Gespräch kommen würden, gesellt sich hier der optische Kontrast eines Gruppenbildes von Arm und Reich hinzu. Nun stellen sich zwei weitere aus der Familie der Armen zu dem engelsgleichen Wesen, und weil dies alles so schön ist, fragt ein weiteres Familienmitglied, ob er nicht die Gruppe photographieren könne. So gesagt, so getan, und es kommt zum Fotoshooting:

*Reiches Model mit armer Familie* – oder: ein Engel, der etwas von seinem Glanz abgibt. Die Szene – wie auf dem Laufsteg – wird nunmehr von der gesamten Schlange – wie von einer Zuschauertribüne aus – mit großer Begeisterung mitverfolgt, und weil dies alles so wunderbar ist, verfallen noch weitere arme Familien aus der Schlange auf die Idee, sich mit der Schönen photographieren zu lassen. Es kommt zu einem zweiten Akt und dann auch noch zu einem dritten – und wahrscheinlich hätte diese Inszenierung nie geendet, wenn sich nicht plötzlich die Schlange in Bewegung gesetzt hätte. Das schöne Model begibt sich wieder zu ihrer Mutter, die ihr zu sagen scheint: "Aber, Du kannst Dich doch nicht mit allen Leuten photographieren lassen!" – eine Ermahnung, die jedoch nicht vorwurfsvoll, sondern vielmehr scherzhaft gemeint war. Später habe ich sie nicht mehr gesehen; sie sind wahrscheinlich schon in Fortaleza, im Staate Ceará, wo wir eine Zwischenlandung machten, ausgestiegen.

COMUNICAÇÕES
UMGANG

Gemeinsam mit Professor Valentin, Professor Otto sowie dessen Lebensgefährtin verbrachten wir einen geselligen Abend in einer Churrascaria. Da es in dem Restaurant keine Zigaretten zu kaufen gab, ging ich zweimal vor die Tür, um jemanden nach einer Zigarette zu fragen. Das erste Mal traf ich auf eine Gruppe von Deutschen, offenbar Geschäftsleute, die hier von ihren brasilianischen Kollegen eingeladen wurden. Heilfroh, endlich mal wieder auf Landsleute zu stoßen, fragte ich also auf Deutsch nach einer Zigarette. Das Begehrte erhielt ich zwar schon, doch drehte mir der Mann sofort wieder den Rücken zu, ohne auch nur ein einziges Wort mit mir zu wechseln – womit er mir, nach meinem Verständnis zumindest, zu verstehen gab, dass ich eine Unerhörtheit begangen hatte, ihn überhaupt nur angesprochen zu haben.

Die zweite Zigarette erhielt ich von einem älteren brasilianischen Herren, mit dem ich sofort ins Gespräch kam. Seine Familie sei ursprünglich deutscher Abstammung gewesen, er selbst würde jedoch kaum noch Deutsch sprechen – so erzählte er mir, wie es in Brasilien üblich ist, von seinem Leben. Nach dem Rauchen, verabschiedeten wir uns höflich; der Herr wünschte mir noch eine schöne Zeit *em Brasil*.

In Brasilien läuft die Kommunikation lockerer. Es gibt nicht dieses ungeschriebene Gesetz, wonach man Fremde auf der Straße nicht anspricht oder selbst nur anschauen darf. Vielmehr wird die Kommunikation offen angegangen: Man schirmt sich nicht von den anderen ab, sondern geht aufeinander zu, ganz egal, ob die Gegenüberstehenden nun Männer oder Frauen, Chinesen oder

Deutsche, Arme oder Reiche sind: jeder redet mit jedem und zwar unentwegt und überall. Starrt man einen Fremden an, so schaut die andere Person nicht weg, sondern erwidert den Blick mit einem Lächeln oder, wenn es länger dauert, mit einem "Hallo".

Ich habe mich oft gefragt, warum die Brasilianer so unbeschreiblich gute Kommunikationskünstler und -künstlerinnen sind, und bin dabei auf eine ebenso einfache wie plausible Erklärung gestoßen. Brasilien ist ein Immigranten- und Einwanderungsland: Die Menschen kommen aus aller Herren Länder und teilen sich zunächst nur eines: ihre gemeinsame Fremde. Da liegt es nahe, erst einmal zu eruieren, wer der andere ist, und zu diesem Zweck muss man auf das Fremde zugehen. Jeder, der nach Brasilien kommt, wird nach kurzer Zeit schon in diesen Kommunikationsfluss eintreten, unentwegt reden, immer lächeln und dabei stets guter Laune sein.

Professor Stern, der Vielgereiste, meinte, in Deutschland müsse man immer alles selber anzetteln, und doch käme in den meisten Fällen nichts zurück; in Brasilien sei das umgekehrt: es kämen einem unentwegt Menschen und Erlebnisse entgegen, ohne dass man dafür etwas zu tun bräuchte.

## CALOUROS
## ERSTSEMESTER

Wir befanden uns mit Professor Valentin auf dem Weg zur Universität, als ich an mehreren Straßenkreuzungen in Curitiba Gruppen von jungen Leuten entdeckte, die in Lumpen gekleidet waren und sich mit Mehl und Schmuddelfarben bewarfen. Hiernach sahen sie in etwa so aus wie Neandertaler oder zumindest so, wie man sich Neandertaler vorstellt. In kleinen Horden fielen sie über die Passanten sowie die Autofahrer an den Kreuzungen her, bettelten um Geld und verhielten sich somit ähnlich wie die Menschen aus den Favelas. Es waren jedoch keine Favela-Menschen, sondern offenbar Kinder aus gutem Hause. Da ich mir aus alledem keinen Reim machen konnte, fragte ich Valentin, was das alles hier zu bedeuten habe. Nun, sagte er, das sind die Erstsemester, die *Calouros*. Sie haben eben noch nicht studiert und befinden sich darum gewissermaßen im präzivilisatorischen Naturzustand. Abends würden sie sich dann zum Trinken treffen, und der Brauch sei, dass sie sich das Geld hierfür zusammenbetteln müssten: ein erster Akt der Mündigkeit gewissermaßen. Bei jedem Semesterbeginn sei das so – ein Initiationsritual.

Zum nächsten Semesterbeginn befand ich mich in Rio de Janeiro und musste feststellen, dass dort die Sitte ein wenig anders ist: Es waren nur junge Mädchen unterwegs, und die waren sehr hübsch und anständig bemalt (vielleicht doch, um sich von den Favela-Kindern zu unterscheiden). Sie fragten mich, ob ich Brasilianer sei und diesen Brauch kenne. Den Brauch kenne ich schon, erwiderte ich, sie würden jedoch nur Geld bekommen, wenn ich sie photographieren dürfte.

So bekam ich sie, meine *Garotas de Ipanema*; das Wasser, tatsächlich, war wie immer sehr aufgewühlt – (*Ipanema*: vom indianischen Tupí: *y* = Wasser; und *panema* = aufgewühlt). *The girl from Ipanema* meint also wortwörtlich: *Das Mädchen vom aufgewühlten Wasser*. Allerdings ist die Bucht von Ipanema und Leblon die reichste von Rio de Janeiro und somit bezeichnet die Chiffre *Ipanema* auch die Modewelle der Reichen.

In dem von Antônio Carlos Jobim komponierten Bossa Nova aus dem Jahr 1962 und den unzähligen Neuinterpretationen und Remakes, die seither folgten, schwingt immer noch etwas mit ... vom Glanz alter Zeiten: Als Rio de Janeiro noch brasilianische Hauptstadt und eine der führenden Modeweltstädte war: als die Mode noch *Haute Couture* und die *Garotas* noch brasilianisch waren – doch ist all dieses schon ein halbes Jahrhundert her.

## BRINDES
## TISCHGESPRÄCHE

Gemeinsam mit Kollegen und Kolleginnen, Studenten und Studentinnen war ich bei einer Künstlerin zum Abendessen eingeladen. Die Wohnung war sehr geschmackvoll eingerichtet, der Tisch mit einer weißen Tischdecke und Silber gedeckt. Überrascht war ich allerdings, als die *Call-a-Pizza* (welche in Brasilien teuer sind) bestellt und mitsamt den Kartons auf den Tisch gestellt wurden. Ich gab zu verstehen, dass dergleichen in Europa in einem bürgerlichen Haushalt wie diesem ganz und gar undenkbar wäre – aber das interessierte niemanden.

Noch mehr überraschten mich die Tischgespräche ... denn es ging um Sex. Nicht in irgendeiner abstrakten Weise, sondern die Gäste begannen nun reihum von ihren persönlichen sexuellen Vorlieben zu sprechen, und damit nicht genug, stellten sich sehr schnell kontroverse Debatten ein, ob nun das Liebesspiel etwa mit Französisch beginnen und dann zum eigentlichen Akt fortschreiten oder besser in umgekehrter Reihenfolge oder abwechselnd alternativ verfahren werden sollte. Jeder gab seine Erfahrungen und Meinungen zum Besten; alleine Professor Francisco und seine Studentin Evelin wurden sich *partout* nicht einig.

Obgleich ich mich bislang nicht für besonders prüde hielt, fehlten mir bei dieser Unterhaltung die Worte. Bereits früher war mir aufgefallen, dass die Brasilianer über Sex gerne in möglichst großer Runde sprechen. Bei Vanessa auf der Insel diskutierte die ganze Familie morgens beim Frühstück über einen Neffen von Vanessa, der bereits 17 und immer noch jungfräulich war. Die Familie zeigte sich zutiefst besorgt und überlegte, was in einem solchen Fall zu tun sei.

Auch in meinem Fall wurden Maßnahmen ergriffen, indem mir ständig neue Schönheiten vorgestellt wurden, damit ich, wie es hieß, endlich Portugiesisch lerne; die Verkupplungsversuche führten jedoch nicht zum Erfolg und wurden darum schnell wieder aufgegeben. Professor Stern, der Vielgereiste, meinte, auch in New York würde in Gesellschaft unentwegt nur über Sex geredet, und auch dort kämen in der besten Gesellschaft die Call-a-Pizza mitsamt Kartons auf den Tisch.

## RODOVIA DO AMOR
## LIEBESAUTOBAHN

Ich fahre mit dem Nachtbus von São Paulo nach Curitiba. Vor den Toren der Stadt passieren wir gerade die *Rodovia do amor*, die Liebesautobahn. Auf einer Strecke von zirka 50 Kilometern zieht hier ein Motel nach dem anderen, in grellen Leuchtfarben und mit jeweils anderen Spezialisierungen, an der Fensterscheibe vorbei. Obgleich die Liebesautobahnen aussehen wie Rotlichtautobahnen, handelt es sich bei den Motels nicht um Bordelle, sondern um Stundenhotels; hier treffen sich die Liebenden, die – aus welchen Gründen auch immer – kein Zuhause haben.

Wir fahren nun bereits eine halbe Stunde die *Rodovia do amor* entlang und dabei kann man sich des Eindrucks nicht erwehren, dass in Brasilien offenbar jeder jede wie auch umgekehrt betrügt – katholische Doppelmoral eben. Alleine, so einfach sind die Dinge nicht, denn aus den Liebesautobahnen macht niemand ein Geheimnis: Sie sind eine allgemein anerkannte Institution, mindestens so etabliert wie die Ehe, und werden auch von Frauen imgleichen wie von Männern genutzt.

Denn die Brasilianerinnen und Brasilianer lieben den Verkehr – den Liebesverkehr wie den Autoverkehr –, und wenn das Leben im Fluss bleiben soll, bedarf es auch hier des *Jeitinho brasileiro*. Dieser beinhaltet im Übrigen auch, dass es in Brasilien so praktisch kein Aids gibt; denn obgleich das Land vorwiegend katholisch geprägt ist, weiß durch staatliche Aufklärung jedes Kind, was ein *preservativo* ist – und an diese Regel hält sich auch, dem Vatikan zum Trotz, das ganze Land.

TAXISTA
DER TAXIFAHRER

Ich bin mit dem Taxi unterwegs zum Flughafen von Salvador de Bahia; die Fahrt dauert zirka eine halbe Stunde. Gegenwärtig befinden wir uns auf einer Schnellstraße, die sich wie eine riesige Schneise durch die Stadt zieht und diese teilt: Rechts von der Straße das moderne Brasilien mit seinen ultramodernen Hochhäusern und *Shopping Centern*, links von der Straße endlose Favelas. "Ja", meinte der Taxifahrer als er mich die beiden Seiten photographieren sah, "Brasilien ist das Land der Kontraste".

Auf die Frage, ob es denn in Salvador auch eine U-Bahn gebe, kam er ins Philosophieren. Dieses riesige Ungetüm, das ich links von uns sehen würde, das sei die Schnellbahn von Salvador – nur, leider sei sie eben nicht in Betrieb. Seit zehn Jahren würden sie nun schon an der Bahn bauen, doch fertig würde sie nie, weil alles Geld in der Korruption versickern würde. Nun seien die Züge bereits geliefert und müssten in einem extra dafür angemieteten Depot aufbewahrt werden – es heiße, das Depot sei im Besitz eines Vetters des Bürgermeisters, jedenfalls würde so das Geld weiter versacken. Es sei eine Schande: Denn diese ganze U-Bahn-Korruption sei bereits aufgedeckt und von der Justiz verfolgt worden. Die schuldigen Politiker würden jedoch nicht belangt und alles würde wie gehabt weitergehen – das sei der eigentliche Skandal. Zur Fußballweltmeisterschaft 2014 sollte die U-Bahn allerspätestens fertigwerden, doch das könne man vergessen.

Ich versuchte den Taxifahrer zu beruhigen, auch in Deutschland gebe es Korruption und sogar Flughäfen und Opernhäuser die versumpfen; doch er lachte nur ...

CAIXA AUTOMÁTICO
GELDAUTOMAT

Von meinem letzten Brasilienaufenthalt wusste ich noch: Es gibt ein Problem mit den Geldautomaten – alleine, ich hatte vergessen, welches Problem. Ergo stand ich nun wieder vor meinem Problem: Man versucht es ein, zwei, drei Mal, und nochmals und nochmals, und am Ende beschert einem der Automat nicht etwa das Geld, sondern die nackte Verzweiflung. Ich gehe also in die Bank, was auch nicht ganz einfach ist, da man diverse Sperren passieren muss, und finde endlich einen Bankangestellten, der mir die Maschine nochmals erklärt. Jetzt erinnere ich mich auch wieder: Man muss am Ende der gesamten Operation die Karte noch ein zweites Mal (zur Kontrolle) hineinstecken, erst dann liefert der Apparat das Geld. Wer aber meint, damit aus dem Schneider zu sein, irrt: denn bei jeder Bank ist das System wieder anders, so dass der oben beschriebene Verzweiflungsablauf von vorne beginnt. Ferner gibt es wiederum Orte, an denen verschiedene Geldautomaten der unterschiedlichsten Banken stehen, wobei jedoch sechs von sieben außer Betrieb sind und der siebte keine Visa Card akzeptiert. Andere Automaten zeigen an, dass sie die Karte führen, nehmen sie aber trotzdem nicht. Hat man all diese Probleme überwunden, bedarf es eines immensen motorischen Geschicks: denn zu langsam herausgezogene Karten führen wiederum zum Scheitern.

Nicht zuletzt soll das Geldziehen in Brasilien ja nun auch nicht ungefährlich sein: Man wird ja doch ständig beobachtet, ohne dass man davon irgendetwas bemerkt. Bruno zum Beispiel war abends in Rio de Janeiro Geld ziehen, hatte sich das Geld in die Hemdtasche gesteckt und ist dann – weil doch der Abend so schön war – noch einmal zu Fuß um den Block. Schneller als er schauen konnte, hatten ihm drei Kids die Hemdtasche mitsamt Geld weggerissen und liefen davon. Bruno aber rief ihnen hinterher: "Und von was soll ich heute Abend essen gehen?", woraufhin die Kids ihm 20 Reais zuwarfen. So ist der brasilianische Humor ... für den man gute Nerven braucht.

RESPEITO OU MORTE
RESPEKT ODER TOD

Dieser Satz – Verhalte Dich respektvoll, oder Du bist tot – befindet sich auf der Rückwand der Stadtbusse von Curitiba, Paraná, und bezieht sich dort freilich auf die Verkehrsordnung. Der Satz könnte jedoch auch als allgemeines Motto gelten, denn was vor allem in der Anfangszeit so sehr ins Auge fällt, ist der unendliche Respekt, mit dem die Menschen in Brasilien sich begegnen. Dieser Respekt verwundert desto mehr, als der Abstand zwischen Arm und Reich, Stadtmenschen und Landbevölkerung, Gebildeten und Analphabeten, der Unterschied ferner zwischen den verschiedenen Ethnien, Religionen und Kulturen so unbeschreiblich groß ist. Man könnte es jedoch auch umgekehrt betrachten: Gerade weil die Distanzen zwischen den Menschen so endlos sind, zollen sie einander Respekt.

Was aber bedeutet Respekt? In Brasilien versteht man darunter so ziemlich exakt das Gegenteil dessen, was man hierzulande darunter versteht. In Deutschland bezieht sich der Respekt auf Ordnungen: Man geht nicht bei rot über die Straße, läuft nicht zu Fuß auf dem Fahrradweg, und verhält man sich anders, so ist sofort jemand da, der einen auf die Verkehrsordnung hinweist. In São Paulo hingegen wird kein Autofahrer des Nachts an einer roten Ampel halten (da dies mitunter tödlich sein kann), und wenn in Brasilien überhaupt irgendetwas als vollkommen respektlos gilt, dann, wenn man seinem Gegenüber vorhält, was er oder sie zu tun oder zu lassen hat. So ist denn auch das Hupen nicht nur verboten, sondern auch sehr schlecht angesehen; etwas, was sich nun wirklich nicht gehört. Respektvolles

Verhalten besagt in Brasilien, dass man die Welten und Handlungen der anderen Menschen akzeptiert, ganz unabhängig davon, ob man diese nun gutheißt oder nicht, ob diese nun angemessen oder unangemessen, erlaubt oder verboten sind. Was die anderen machen, ist immer richtig, und darum besteht die ganze Kunst des respektvollen Umgangs darin, zu ermessen, was für den anderen richtig ist. Beispielsweise wäre es respektlos, als Angehöriger der Mittelschicht kein Bargeld mit sich zu führen; weil, würde man bei einem Überfall behaupten, man habe kein Geld, dies von der anderen Seite als Lüge verstanden werden würde – und für eine solche Lüge wird man dann tatsächlich erschossen. *Respeito* meint in diesem Zusammenhang also, für den Fall eines Falles stets 50 Reais in bar bei sich zu haben, ansonsten gilt: *ou morte*.

Vanessa erzählt die Geschichte immer wieder: Sie hatte auf der Avenida Paulista geparkt, als sie im Auto sitzend plötzlich eine Pistole an der Schläfe spürte – der Klassiker, wenn man so sagen darf. Sie hatte sehr viel Geld im Auto, konnte es jedoch wegen ihrer Nervosität nicht finden. Der Mann sagte: "Du bist zu ruhig, Du bist ein Bulle, Du bist tot". Sie rief: "Aber sieh' doch, ich bin ganz nass zwischen den Beinen" – wozu er: "Such weiter!" Sie konnte und konnte das Geld nicht finden und zog schließlich 10 Reais (etwa 4 Euro) aus der Tasche, die sie dem Mann zusammengeknüllt gab. 10 Reais aber sind zu wenig und gleichbedeutend mit: *morte!* Der Mann nahm das Geld und machte sich aus dem Staub. Doch schon nach wenigen Sekunden kam er wieder zurück – und Vanessa war sich sicher, dass ihre letzte Minute geschlagen hatte. Sie kurbelte das Fenster wieder herunter, und der Mann sagte zu ihr: "Sie müssen eine sehr arme Frau sein" – und verschwand. Die Sache hätte auch anders ausgehen können. *Respeito ou morte.*

FLANELINHAS
PARKWÄCHTER

Die Kriminalität in Brasilien bringt auch ihre unfreiwilligen Vorteile mit sich. Zum Beispiel jenen, dass nicht sämtliche Straßen mit Autos zugeparkt sind, was das Straßenbild erheblich ansehnlicher macht. In Brasilien parkt man sein Auto nicht vor dem Haus (wo es nicht lange stehen würde), sondern im Haus! Die Einfamilienhäuser der *Residential areas* haben im vorderen Hausbereich Garagen, mindestens für zwei, meist für vier und mehr Autos – auch für die Gäste. Die *Condominios* (das sind die besonders geschützten, von einer Mauer umgebenen Wohnanlagen) wie auch die Wohnhochhäuser haben ohnehin ihre Tiefgaragen, ebenso die *Shopping Center*, die Universitäten und ähnliche große Einrichtungen. Bei besseren Restaurants, Hotels, Diskotheken usw. fährt man mit seinem Wagen bis vor den Eingang und übergibt ihn dann mitsamt Schlüssel einem Fahrer, der ihn einparkt und beim Weggehen wieder vorfährt. Die Fahrer tragen Uniform oder sind mit schwarzem Anzug und Krawatte gekleidet; sie stehen meist zu dritt oder fünft mit einem kleinen Stand vor den jeweiligen Einrichtungen und verlangen für ihre Park- und Aufsichtsdienste meist 10 Reais, die man einfach mit einzuplanen hat, weil es gar keine andere Möglichkeit gibt, sein Auto zu parken.

Insbesondere im inneren Bereich der Städte gibt es jedoch auch viele Situationen, in denen man weder Garagen noch gewerbliche Parkwächter vorfindet, und für diese Fälle gibt es die freiwilligen Autoaufpasser, die so genannten *flanelinhas* – eine sehr schöne und treffende Bezeichnung, denn die flanelinhas flanieren tatsächlich wie die Peripatetiker jahraus jahrein die Straßen auf und ab. Die flanelinhas sind arme Teufel, die in allen Straßen der Innenstädte patrouillieren, die freien Parkplätze anzeigen, beim Ein- und Ausparken helfen und in der Zeit der Abwesenheit auf das Auto aufpassen. In der Regel erhalten sie zwei Reais für ihre Dienste – wofür sie sich gewöhnlich herzlich bedanken – sowie ein kurzes Gespräch, das unter keinen Umständen fehlen darf. Zumindest was den Parkverkehr anbelangt, gehört die Straße ihnen: Sie alleine entscheiden, wer wann wo einparken darf, und obgleich ihre Anweisungen oft recht pedantisch sind, wird ihre Autorität von den Verkehrsteilnehmern akzeptiert. Ich habe mich oft gefragt, wie diese flanelinhas im Ernstfall eigentlich ein Auto verteidigen wollen, denn sie sind nicht bewaffnet und haben wahrscheinlich nicht einmal ein Handy. Doch abgesehen von dem symbolischen Wert, der darin beruht, dass die Straßen so zumindest bewacht scheinen, handelt es sich bei diesem Brauch wohl auch um eine soziale Institution, damit jene, die Autodiebe sein könnten, zu Autohütern werden – denn freilich sind es die Armen, die die Reichen vor dem Diebstahl der Armen schützen. Im Nordosten – in Salvador de Bahia zum Beispiel – muss selbst hierbei noch differenziert werden: Denn im Unterschied zu Südbrasilien tragen die flanelinhas hier eine Uniform von der Stadtverwaltung, woraus der Schluss zu ziehen ist, dass vormals mit den freiwilligen Autoaufpassern ohne Uniform schlechte Erfahrungen gemacht wurden – wie will man auch, rein vom äußeren Erscheinungsbild, die flanelinhas von Autodieben unterscheiden, zumal wenn letztere auf die perfide Idee kommen könnten, sich als flanelinhas zu tarnen – Peripatetiker sind sie jedenfalls beide.

## PEÕES
## FUSSGÄNGER

Ich fahre mit dem Liniennachtbus von Rio de Janeiro nach São Paulo. Beim Besteigen des Busses werden die Reisenden mit einem Metalldetektor auf Waffen untersucht, denn es ist ja bekannt, dass die Busse in Brasilien nicht nur von außen, sondern auch von innen heraus überfallen werden. Die Fahrt ist lange und anstrengend; oft stehen wir über eine Stunde im Stau. Mitten in der Nacht sehe ich große Schilder am Rande der Autobahn, welche in etwa so aussehen wie bei uns die Schilder: Achtung Rehe überqueren die Fahrbahn – nur, dass es sich auf den Schildern nicht um Rehe, sondern um Menschen handelt. Und tatsächlich: bei genauerem Hinsehen kann man erkennen, wie Dutzende von Menschen die Fahrbahn überqueren, und dies obgleich die Autobahn mindestens vierspurig ist, die Autos mit Geschwindigkeiten von 100 Stundenkilometern fahren und sich zudem in der Mitte zwischen den Fahrbahnen eine meterhohe Betonwand befindet, die zu überwinden ist. Tatsächlich gibt es auf der Strecke etliche Kleinstädte, die weder über Brücken noch Unterführungen verfügen, so dass den Menschen gar nichts anderes übrig bleibt, als Tag für Tag auf der Autobahn zwischen den Autos hin und her zu rennen. Alleine im Staate Rio de Janeiro bleiben dergestalt hunderte von Menschen alljährlich auf der Strecke.

Als ich dieses Szenario – mit Entsetzen – zum ersten Mal erblickte, hätte ich mir nie träumen lassen, dass auch ich eines Tages zu diesen Autobahnläufern gehören würde – aber man wird, mit der Zeit, eben doch allmählich zum Brasilianer. Dies war auf der Privatautobahn zwischen Curitiba und Mathinos, wiederum des Nachts. Wir wollten Rast machen, doch befand sich die Raststätte auf der gegenüberliegenden Straßenseite. Allerdings gab es hier – anders als im Staate Rio de Janeiro – eine Öffnung in der Betonwand, die die Fahrtrichtungen trennte, so dass wir nicht auch noch über diese Wand hinwegklettern mussten. Jorge meinte: "Du musst aufpassen!" – und dann rannten wir. Es war ein wenig wie eine Mutprobe für Erwachsene – und wenn man auf der anderen Seite angelangt ist, kann man nicht anders als lachen.

Zwischen meiner Erfahrung und der der *peões* im Staate Rio de Janeiro bestehen indes erhebliche Unterschiede: Was für mich ein amüsantes Abenteuer darstellte, ist für sie ein alles andere als witziger Alltag, und verglichen mit dem Staate Rio war mein Abenteuer harmlos, denn die Privatautobahn war verhältnismäßig wenig befahren. Und trotzdem hatte ich ein wenig gelernt, Angst in Furcht zu verwandeln, ein Hindernis zu überwinden.

## DEUS É AMOR
## GOTT IST LIEBE

Wir fahren mit dem Auto durch die Mata Atlântica, links und rechts von uns der üppige Regenwald, die Straße schlängelt sich in Serpentinen die Berge hinauf. Vor uns befinden zwei exakt identische Mittelklassewagen, beide nagelneu und pechschwarz, mit einer großen Aufschrift auf ihrem Heck: *Deus é amor* (Gott ist Liebe). Die beiden schwarzen Wagen, die mit deutlich überhöhter Geschwindigkeit sich abwechselnd überholen, haben etwas zutiefst Dämonisches; irgendwie erinnern sie mich an die beiden Motorradfahrer in Jean Cocteaus Film *Orpheus*.

*Deus é amor* ist der Name einer brasilianischen Pfingstgemeinde. Da die katholische Kirche in Brasilien an der Armutsfrage gescheitert und der ehemalige Papst aus Deutschland damit beschäftigt war, die brasilianischen Bischöfe und Gelehrten mit einem Amtsenthebungsverfahren nach dem anderen zu überziehen (um sich endlich der Befreiungstheologie, also jener, die sich der Armut annehmen wollten, zu entledigen), haben die Evangelikalen, vor allem bei den Farbigen und Armen, einen ungeheuerlichen Zulauf. Und sie haben Geld, sehr viel Geld. Ihre Tempel, wie sie ihre Gotteshäuser nennen, sehen eher aus wie *Shopping Center* und sind doch um oft größer. Während der Messe stehen ihre Türen offen, so dass man einen Einblick erhält in das höchst eigenartige und für europäische Augen irritierende Geschehen. Der Höhepunkt der Messe besteht in einer sehr ausführlichen Beschreibung, wie der Scheck auszufüllen ist – der Protestantismus, *em Brasil*, beruht in einem einzigen Ablasssystem. Die Gläubigen sind Schuldner und zahlen, dafür bekommen sie *en revanche* einen Job vermittelt; manche behaupten, was die Evangelikalen da betreiben, sei gar keine Religion, sondern ein neues Geschäftsmodell.

Wie meinte einst ein englischer Parlamentarier über die Missionare: "They say Bible and they mean cotton"; heute sagen sie "Amor" und meinen "Reais". Es ist schon bemerkenswert, wie sich die Verhältnisse im Laufe der Zeit verkehren: Freilich bleibt die allgemeine Kultur vorwiegend katholisch geprägt, doch es steigen neue evangelikale Schichten empor, und es würde einen nicht wundern, wenn diese eines Tages überhandnehmen und Brasilien protestantisch werden würde.

## FLEXIBILIDADE FORÇADA
## ZWANGSFLEXIBILISIERUNG

Ich nannte es das System der Zwangsflexibilisierung, und Professor Valentin übersetzte mit einem lauten Gelächter: "Ja, Du wirst gezwungen, frei zu sein!" Das System funktioniert folgendermaßen. Ich bekomme für einen Vortrag einen Termin an einem Tag X in zwei Wochen gesetzt. Nach drei Tagen erhalte ich eine E-Mail, in der mir mitgeteilt wird, dass ich mir keine Sorgen machen müsse, der Vortrag würde erst zwei Wochen später, also erst in einem Monat stattfinden. In den nächsten zehn Tagen folgen fünf weitere Mails, in denen der Termin immer wieder aufs Neue nach hinten verschoben wird. Einen Tag vor dem ursprünglichen Tag X bekomme ich dann einen Anruf mit dem Inhalt, der Vortrag würde nun doch wie anfangs geplant am Tag X, also morgen, stattfinden. Dieses eigens für Zwangsneurotiker ersonnene System der Zwangsflexibilisierung wäre nicht halb so schlimm gewesen, wenn mit den Vorträgen nicht Flüge und mit diesen permanente Umbuchungen verbunden wären – man wird mit diesem System langsam, aber sicher in den Wahnsinn getrieben, und diese vermeintliche Flexibilität war auch das Einzige, wirklich Einzige, womit ich in Brasilien nicht klarkam.

Nun befinde ich mich wieder auf dem Flughafen von Rio de Janeiro, und es ist wieder genau die gleiche Nummer: Das Bodenpersonal teilt mir mit, ich solle schon eine Stunde früher einchecken, weil der Flieger eine Stunde früher fliegen würde. Zwischenzeitlich ändert sich das Gate fünfmal, und zweimal wird sogar das andere Terminal, das eine halbe Stunde entfernt liegt, angezeigt. Würde man diese Ansagen ernst nehmen, würde man zwei Stunden von einem Gate und Terminal zum anderen rasen – und schließlich seinen Flug mit Sicherheit verpassen. Denn der Flieger fliegt schlussendlich an genau dem Gate und zu exakt der Uhrzeit, die ursprünglich angegeben wurden.

Dieses Mal ließ ich mich von dem ganzen Hin und Her nicht mehr beeindrucken und blieb ganz ruhig auf meinem Stuhl sitzen – doch auch mit diesem Verhalten hätte ich mich täuschen können, denn manchmal ...

## PRAWDA
## EIN CLUB NAMENS WAHRHEIT

Also ich werde sie nie vergessen: die Diskussion zwischen Frau Professor Amsel und Herrn Liu während dessen Abschlussprüfung. In seinem chinesischen Deutsch sagte Herr Liu: "Has hochste Hut", wozu Professor Amsel zu mir: "Kannst Du mir vielleicht mal übersetzen, was er meint?" Wozu ich: "Er meint: *De finibus bonorum*, vom höchsten Gut". Sie: "Und was ist das?" Ich: „Also frei nach Immanuel Kant ist das: die Freiheit!"

Also sage ich mir: Wenn ich schon hier in Brasilien monatelang zwangsflexibilisiert werde, dann möchte ich wenigstens auch einmal meine Freiheit auskosten. Soll heißen: Um 1.30 Uhr morgens frage ich meine Begleiterinnen, wo ich denn nach unserem schönen Abend jetzt noch alleine zu Fuß hingehen könnte? Gegenfrage: Was ich denn überhaupt wollte, und wozu das denn gut sein solle? Antwort: "Ich will einfach nur so durch die Straßen schlendern, irgendwo einkehren und schauen, was da so kommt." Es folgt eine kleine Auseinandersetzung zwischen den beiden Damen. Die *Carioca*, freilich, meint: "Das ist viel zu gefährlich!" Die andere: "Aber: nein! Also: einen Block nach vorne, dann einen Block nach links, dann fünf oder sechs Blocks nach vorne", und ich würde schon finden, wonach ich suchte.

So gesagt, so getan, und irgendwie läuft man dann ganz stolz durch die nächtlichen *city lights*, umgeben von all dieser Gefahr (die es, in unserer Stadt zumindest, so nicht gibt). Nach einer viertel, halben Stunde Marsch erreiche ich die besagte Gegend, und – Aha-Effekt: ich kenne sie bereits. Ich kehre in einen Club namens *Prawda* ein; ich wollte schon früher in den Laden, nur wegen des Namens. Es ist nicht mehr viel los, nur eine Live-Band, wie immer, und noch ein paar Leute, die Zeichen geben, wie immer, aber es bleibt ohne Kontakt. In der *Prawda* ist die gesamte Einrichtung original sowjetisch: Wandteppiche, Fahnen, Gemälde und Photographien an den Wänden ebenso wie die Lampen, Tische, Stühle, die Gläser und Aschenbecher: man fühlt sich in ein anderes Jahrhundert versetzt.

Vom Türsteher erfahre ich, der Besitzer sei Russe. Ich mache einige Photos, trinke noch ein paar Bier und frage mich, was wohl dieses Russische (in meiner Vergangenheit doch irgendwie Realität) *em Brasil* wohl bedeuten möge: hier im Exil, wo *Prawda* (die Wahrheit also) gleichbedeutend ist mit *Guinness*? Die Frage bekomme ich freilich von niemandem beantwortet; und da geht mir, angeheitert wie ich bin, durch den Kopf, an was man sich denn so hält, bei all der Zwangsflexibilisierung. Antwort: an meine Zigaretten und den Fotoapparat. Die Kamera, an die man sich hält, ist aber doch nur Zaungast: Man ist drinnen draußen, ergo nirgendwo! Also *Prawda* neben *Guinness*, doch man versteht sich *em Brasil* – nur als Europäer bleibt man: *Lost in Translation*.

Es ist drei Uhr morgens, der Club schließt, ich laufe die Straße etwas weiter runter, noch ein Club, der sich gelohnt hätte, ich nehme trotzdem ein Taxi. Der Fahrer ist freundlich, ich sage, ich sei Ausländer und obendrein angetrunken, er fährt mich schwebend durch den Morgennebel der Stadt – ein ästhetischer Genuss. Ich gebe ihm 4 Reais Trinkgeld, er mir seine Karte, ich sage, ich verlasse die Stadt schon in drei Tagen, und nehme die Karte trotzdem, man weiß ja nie. Sicher zu Hause angekommen, ist man nahezu glücklich. – Warum eigentlich? Weil man alleine durch den Stadt-Dschungel zu Fuß gelaufen ist und einen Film für sich mit nach Hause gebracht hat? Vielleicht, weil man erfahren hat, was Herr Liu "has hochste Hut" genannt hatte.

MAL-ENTENDIDOS
MISSVERSTÄNDNISSE

Wenn man längere Zeit in einem fremden Land in einem anderen Kulturkreis verbringt, fängt man irgendwann unwillkürlich an zu vergleichen: Was ist gleich, was ist anders, worin bestehen die Differenzen? Straßen und Autos beispielsweise gibt es heute überall auf der Welt, und doch sind die Verkehrssysteme zwischen den Menschen grundlegend verschieden. Nun hatte ich mir in Brasilien zuallererst ein Prepaid-Handy zugelegt, denn ohne Mobilfunk wird man heute an keinem Ort der Welt lange überleben. Als der Kredit aufgebraucht war, begab ich mich wieder zu der Firma, mit der ich den Vertrag abgeschlossen hatte, um meinen Chip aufzuladen. Zu meinem großen Erstaunen erfuhr ich dort, dass ich bei ihnen keine neuen Krediteinheiten kaufen könne, sondern zu diesem Zweck entweder zu einer Tankstelle oder aber zu einer Drogerie müsse. Da ich nun überzeugt war, aufgrund meiner schlechten Portugiesisch-Kenntnisse hier etwas missverstanden zu haben, zog ich einen Freund zu Rate, mit dessen Übersetzungshilfe ich dann – wiederum zu meinem Erstaunen – tatsächlich in einer Drogerie meine Krediteinheiten auflud. Daraufhin entwickelte ich aus diesem Sachverhalt eine philosophische Theorie: Andere Länder, andere Sitten; aber es sei eben doch einigermaßen absurd, dass man sein Handy-Guthaben in einer Drogerie auflade, dergleichen gäbe es nun wirklich nur in Brasilien.

Dass ich mich mit diesem Urteil grundlegend täuschte, erfuhr ich erst sehr viel später nach meiner Rückkehr: Denn auch in Deutschland werden die Prepaid-Handys – man glaubt es kaum –

tatsächlich in Drogerien aufgeladen; das *mal-entendido* rührte alleine daher, dass ich in Deutschland nie ein Prepaid-Handy besessen hatte. Merke: Was man als große Kulturdifferenz wahrnimmt, liegt nicht immer an den äußeren Umständen, sondern bisweilen auch an der Verschiebung der eigenen Position; als Ausländer verhält man sich eben anders, selbst dann, wenn die äußeren Umstände völlig identisch sind.

## MÃO ÚNICA
## EINBAHNSTRASSE

Das Einbahnstraßensystem unserer Stadt bringt Vor- und Nachteile mit sich. Ein entschiedener Nachteil beruht darin, dass man nie die Straßen zurückfährt, die man gekommen ist, folglich, ohne Anhaltspunkt, nie weiß, wo man sich gerade befindet, und daher letztendlich auch keinerlei Orientierung in der Stadt erhält. Selbst die Taxifahrer finden sich in diesem Labyrinth kaum zurecht und fahren nur mit Navigator. Wurde nun eine Straßenführung verändert, das Navigationssystem jedoch nicht angepasst, so kommt es mitunter vor, dass es unaufhaltsam „Nach links abbiegen!" vorgibt, und also das Taxi im Kreis fährt – so lange, bis sich der Fahrer gegen das Navi entscheidet. Zudem ist der vermeintliche pragmatische und ökologische Nutzen des Einbahnstraßensystems äußerst fragwürdig: Denn um von A nach B zu gelangen, fährt man im Zickzack eine Strecke, die mitunter vier- bis fünfmal so lange ist wie jene, die man auf direktem Weg hätte fahren können; was wiederum bedeutet, dass man bei Weitem länger unterwegs ist und entsprechend mehr Treibstoff verbraucht.

Der entscheidende Vorteil der Einbahnstraßen besteht jedoch darin, dass es keinen Gegenverkehr gibt: Auf mehreren Spuren herrscht ein ungebrochener Verkehrsfluss, wobei von rechts und links jeder jeden überholt und alle insgesamt nur in eine Richtung fahren – nach vorne! Dieses ist – auch metaphorisch verstanden – ein generelles Fahrgefühl in Brasilien: Es geht voran, immer nach vorne, und zwar für alle! So ist der Verkehr mitziehend und mitreißend; man bleibt, mit allen anderen zusammen, im Fluss.

AVES DO PARAÍSO
PARADIESVÖGEL

In Brasilien habe ich die Vögel lieben gelernt. Mit *Bem-te-vi* (Bentevi, Pitangus sulphuratus) kam ich zum ersten Mal auf Vanessas Insel in Kontakt; sein unvergesslicher Ruf, der phonetisch ähnlich klingt wie sein brasilianischer Name *Bem-te-vi* (wörtlich: Schön dich zu sehen), hat mich auf allen meinen Brasilien-Reisen begleitet. Schnell bekam er jedoch Konkurrenz von meinem zweiten Lieblingsvogel *Quero-quero* (dem Bronzekiebitz, Vanellus chilensis). Seinen Namen Quero-quero (ich will, ich will) verdankt der kleine Rebell offenbar seiner Durchsetzungskraft: Wenn er mit seinem unbeschreiblich lauten Geschrei loslegte, habe ich meine Vorlesung stets mit den Worten unterbrochen: "Hier kommt wieder Quero-queros Kommentar – wir machen Pause." Quero-quero trägt einen Irokesenkamm auf dem Haupt und ist der Punk unter den Vögeln; sehr beliebt im Süden und Wahrzeichen des Staates Rio Grande do Sul.

*Quero-quero* ist meist in kleinen Gruppen oder einzeln auf Rasen oder Parkplätzen anzutreffen; ein reiner Laufvogel, dem man das Fliegen auf den ersten Blick gar nicht zutrauen würde. Ich konnte jedoch am Strand in Florianópolis beobachten, wie er *Urubu-rei* (den Königsgeier, Sarcoramphus papa) in die Luft scheuchte, weit über ihn flog und dann im Sturzflug sich auf das Genick des Geiers stürzte, so lange bis dieser im Hinterland das Weite suchte. Da Quero-quero offenbar das Leittier der Urubus verjagt hatte, flogen daraufhin auch alle anderen Urubus – etwa 20 an der Zahl – vom Strand ins Hinterland.

Die *Urubus* erinnern an B-52 Bomber; sie sind ebenso imposant und ungelenk: reine Gleitvögel. In Florianópolis am Strand pflegten sie den Pinguinen, die auf ihrem langen Weg von der Antarktis bis nach Rio de Janeiro verendet waren, die Augen auszuhacken und sich dann an den Verzehr zu machen: ein sehr unappetitlicher Anblick. Als der kleine Quero-quero den Giganten Urubu attackierte, dachte ich zunächst, er würde sich für die Pinguine einsetzen; aber es ging ihm doch wohl eher um den Fischfang.

Frei von solchen Gewalttätigkeiten ist der Liebesvogel, *Beija-flor-azul-de-rabo-branco* (der Jakobinerkolibri, Florisuga mellivora). Wenn man sich sehr ruhig verhält, trifft man ihn in Gärten; auf Vanessas Insel besuchte er mich täglich, stets zur gleichen Zeit. Es ist faszinierend zu beobachten, wie er sich fliegend auf der Stelle hält und dabei aus den Blüten trinkt.

Die Krone der Schöpfung sind jedoch die Papageien, jedenfalls wenn man sie in Freiheit erlebt. Bei ihnen sollte man sich mucksmäuschenstill verhalten, sonst bekommt man sie nicht zu Gesicht. Sie leben meist in Pärchen oder kleinen Gruppen und fliegen von Baumkrone zu Baumkrone. Ihr Flug ist majestätisch: erst agitiert und dann gleitend, von kurzen Schreien begleitet, wie um auf den Flug hinzuweisen. Verfolgt man die Papageien mit dem Blick, so fliegt man mit ihnen durch die Lüfte. Ich werde sie nie vergessen: *Papagaio-moleiro* (die Müller-Amazonen, Amazona farinosa) von Iguazú, Paraná, den kleinen Schwarm von *Periquito-rei* (Goldstirnsittichen, Aratinga aurea) in Bahia sowie *Arara-azul-grande* (Hyazinthara, Anodorhynchus hyacinthinus) im *Parque Nacional Serra da Capivara* im Staate Piauí. Den Nationalvogel Brasiliens *Tucanuçu* (den Riesentukan, Ramphastos toco) habe ich nur ein einziges Mal gesehen; das war in Rio de Janeiro im Regenwald hinter dem Corcovado: Er saß mit seinem riesigen gelben Schnabel in einer Baumkrone und bewegte sich nicht.

## YEMANJÁ
## MEERESGÖTTIN

Es ist mein letzter Tag in Brasilien; das erste Mal, dass ich Rio de Janeiro bei strahlendem Sonnenschein erlebe – ansonsten hatte es in Rio nahezu immer geregnet. Ich laufe vor zum Strand der Copacabana und sehe schon von Weitem eine Gruppe von zirka 50 weiß gekleideten Menschen. Beim Näherkommen bemerke ich, dass sie die Tracht von Bahia tragen, die auf die Kleidung der Skaven zurüchgeht. Offenbar handelt es sich um Anhänger der Religion des *Candomblé*, einer Religion aus dem fernen Angola, woher die meisten Sklaven stammten. Die Gruppe ist sehr gemischt, es gibt Männer, Frauen und Kinder, Farbige und Weiße, Wohlhabende und Arme, aber auch Mitglieder, die nicht in Tracht gekleidet sind. Es ist offensichtlich keine Touristenveranstaltung. Einzelne Personen gehen immer wieder vor zum Wasser und werfen Blumen, vor allem Rosen und Lilien, ins Meer. Nach einiger Zeit löst sich die Zeremonie auf, und die Gruppe verlässt in einer sehr heiteren Stimmung den Strand. Ich bleibe am Wasser sitzen. Später werden viele der Blumen wieder an Land gespült und von Touristinnen, die ganz erfreut sind, so schöne und frische Blumen am Strand zu finden, aufgesammelt. Da denke ich mir: Das würde ich nicht machen, denn die zurückgeschwemmten Blumen sind die Wünsche, die von *Yemanjá*, der Königin des Meeres, nicht angenommen wurden – und Yemanjá ist, wie man weiß, extrem launisch und kann sehr zerstörerisch sein. Dann aber korrigiere ich mein Urteil: Denn nach der Zeremonie sind die Zeremonialgegenstände wieder profan, und *Yemanjá* hat sicherlich nichts dagegen, wenn sich Ungläubige der zurückgegebenen Opfergaben bedienen – nichtsdestotrotz wäre ich vorsichtiger mit den alten Geistern.

Der Candomblé wurde mit den Sklaven aus Afrika importiert und hat seither eine Reihe von synkretistischen Mutationen erfahren: So vermischte sich die Geisterreligion mit dem Christentum und mit indianischen Glaubensvorstellen. Heute sind auch viele Weiße der Mittelschicht Anhänger des Candomblé. Der erfolgreichste Geist ist *Yemanjá*, die Herrscherin der Meere und Mutter aller *orixás*. Einst beschützte sie die Sklaven bei ihrer leidvollen Überfahrt von Afrika in die Neue Welt, heute ist sie in Bahia in fast jeder Bar, jedem Geschäft und Haushalt anzutreffen. Dargestellt wird Yemanjá als verführerische Nixe mit langem schwarzem Haar und blau-wallendem Gewand, die mit weit ausgebreiteten Armen aus dem Meer emporsteigt. Sie trägt oft eine Königskrone, deren Glasperlenschmuck ihr Gesicht verdeckt, und wird im Synkretismus mit *Nossa Senhora da Conceição* (der unbefleckten Empfängnis, unserer Jungfrau Maria) gleichgesetzt.

Unzählige Feste werden ihr zu Ehren abgehalten: in Rio Vermelho fahren mitten im Sommer, am 2. Februar, Fischerboote wie Luxusyachten aufs Meer, um ihr üppige Geschenke darzubringen; derweil essen, trinken und flirten ihre Anhänger bis zum Morgengrauen. Ihre größte Huldigung erfährt sie jedoch an Neujahr von Menschen, die allergrößtenteils gar nicht dem Candomblé anhängen, wenn Millionen von Brasilianern zu den Stränden gehen und Blumen ins Meer werfen.

# GLOSSAR

*Alemães* – Deutsche
*Aves do Paraíso* – Paradiesvögel
*Boa viagem* – Gute Reise
*Brinde* – Trinkspruch
*Caixa automático* – Geldautomat
*Calouros* – Erstsemester
*Carioca* – Frau aus Rio de Janeiro
*Churrascaria* – auf Fleisch spezialisiertes Restaurant
*Comunicações* – Kommunikationen
*Candomblé* – spiritistische Religion angolanischen Ursprungs
*Condomínios* – besonders geschützte Wohnblocks
*Congonhas (Aeroporto de)* – nationaler Flughafen von São Paulo
*Cooperativa Agrária Mista Entre Rios Ltda.* – Gemischte Agrarkooperative von Entre Rios, deutsche Donauschwabenkolonie im Bundesstaat Paraná
*Desde* - seit
*Deus é amor* – Gott ist Liebe, Slogan einer brasilianischen Pfingstgemeinde
*Engraxates* – Schuhputzer
*Entre Rios* – Zwischen den Flüssen
*Favela* – brasilianisches Elendsviertel
*Flanelinhas* – wörtlich: die Flaneure, freiwillige Autoaufpasser
*Flexibilidade forçada* – Zwangsflexibilisierung
*Garota de Ipanema* - The girl from Ipanema; der Originaltitel eines populären, im Jahr 1962 von Antônio Carlos Jobim komponierten Bossa Nova
*Gringos* – abwertende Bezeichnung für Ausländer

*Helicóptero* – Hubschrauber

*Ipanema* – Stadtteil und Strand von Rio de Janeiro

*Jeitinho brasileiro* – brasilianischer Kunstgriff bzw. Sonderweg

*Leblon* – Stadtteil und Strand von Rio de Janeiro

*Mal-entendidos* – Missverständnisse

*Mão única* – Einbahnstraße

*Mata Atlântica* – Regenwald, der sich von Südbrasilien bis nach Rio de Janeiro die Küste entlangzieht

*Nossa Senhora da Conceição* – Jungfrau Maria

*Orixás* – Naturgeister des Candomblé

*O modelo de sucesso brasileiro* – das brasilianische Erfolgsmodell

*Paulistanos/Paulistas* – Einwohner von São Paulo

*Peões* – Fußgänger

*Pixação* – Graffititakes

*Pixadores* – Graffitisprayer

*Polícia Federal* – brasilianische Bundespolizei

*Polícia Militar* – brasilianische Militärpolizei

*Preservativo* – Präservative

*Quatro Opiniões* – vier Meinungen

*Reais* – brasilianische Währung

*Respeito ou morte* – verhalte Dich respektvoll oder du bist tod

*Rodovia do amor* – Liebesautobahn

*Suspeitos* – Verdächtige

*Taxista* – Taxifahrer